LA MORT D'ADAM,

TRAGÉDIE EN TROIS ACTES ET EN VERS,

IMITÉE DE L'ALLEMAND DE *M.* KLOPSTOCK,

PAR M******** l'abbé de St. Ener

Mon fol orgueil, flatté d'un chimérique sort,
Osa désobéir, & me donna la mort. (Act. 2. Sc. 8.)

Le prix est de 30 sols.

A PARIS,
Chez la Veuve DUCHESNE, Libraire, rue Saint-Jacques, au Temple du Goût.

M. DCC. LXX.
Avec Approbation & Privilège du Roi.

ÉPITRE DÉDICATOIRE A MADAME LA MARQUISE DE R***.

MADAME,

VOUS avez de la Religion, du goût & du sentiment; c'est à ces qualités ſeules que je dédie ce Drame. *Puiſſe-t-il laiſſer à la poſtérité une preuve éternelle de l'amitié dont vous m'honorez, & du profond reſpect avec lequel j'ai l'honneur d'être,*

Madame,

Votre très-humble & très-obéiſſant ſerviteur,

*****

LETTRE DE L'AUTEUR A M***.

EN 1762, il parut chez Prault, petit-fils, & Desaint *junior*, une édition de la mort d'Adam, Tragédie traduite de l'Allemand; elle ne parvint que l'année suivante aux habitans isolés d'une petite cité, où le commerce fleurit plus que la littérature. Ce fut à cette époque que je résolus d'aller passer le printemps dans une solitude champêtre, pour y admirer le doigt de Dieu dans le renouvellement périodique de la Nature; je pris pour compagnons de voyage, Pluche, Réaumur, M. Buffon (*a*)...Ce fut, sans doute, la providence qui dérangea mon projet d'observations philosophiques, en leur associant M. l'Abbé Arnaud (*b*).

Je débutai, Monsieur, par dévorer la traduc-

(*a*) Le Public connait leurs ouvrages & leurs recherches. L'antiquité n'a pas fourni un Buffon.

(*b*) Comme j'ignore l'Allemand, sans cet élégant Traducteur, je n'aurais pas pû m'écrier avec le Corrége: *anch'io son pittore*.

tion en prose de cet Abbé érudit ; je ne lûs qu'elle : le brillant tableau de la Nature active & renaissante, s'évanoüit à mes yeux, & fut remplacé par l'image funébre de la Nature en deuil de son Chef & de son Roi ; mon imagination n'appercevant plus qu'au travers d'un crêpe noir les objets admirables que je voulais étudier sur le théâtre favori des Pline (*c*) & des Columelle (*d*), je n'y pouvais lire que la destruction nécessaire de tous les êtres qui m'environnaient : mon âme seule échappée à la catastrophe générale semblait diriger sa marche triomphante sur les tristes décombres de l'univers.

Tandis que profondément absorbé dans ces idées lugubres, je suivais, malgré moi, les traces de la matiere qui sortait du néant, & y rentrait par un reflux continuel, je versais des larmes, Monsieur, mais des larmes délicieuses, & toujours essuyées par les mains de la plus flatteuse espérance. Puisse vous en arracher de pareilles cette imitation libre d'un Drame né en Allemagne, sous les yeux du génie (*e*) présenté à la Fran-

(*c*) L'ancien, natif de Vérone, estimé de Vespasien & de Tite. Le Pere Hardouin donna en 1723, une bonne édition de son Histoire Naturelle. M. Buffon a dit de ce savant Ecrivain, d'ailleurs trop crédule & souvent obscur : *Il semble avoir mesuré la Nature.*

(*d*) Né à Cadix ; Auteur de 12 Livres sur l'agriculture, & d'un Traité sur les arbres. Il a fleuri sous Claude, vers l'an 42 de Jésus-Christ.

(*e*) M. Klopstock. C'est le Corneille de l'Allemagne ; il travaille à la Messiade qu'il doit dédier au Roi de Danemarck son protecteur éclairé.

ce par le bon goût (*f*), & qu'un zèle, au moins excusable, s'est efforcé d'enrichir des brillantes couleurs que préparent nos Muses sur les palettes des Titien & des Rubens (*g*) de nos jours.

Je l'avouerai, Monsieur, les charmes du sentiment me déroberent d'abord les finesses de l'art; rendu à moi-même, j'étudiai la conduite du Drame Germanique; j'en pressenti la régularité, & j'allais m'en assurer au flambeau des Abbés d'Aubignac & du Bos (*h*), lorsque je jettai un coup d'œil sur les réflexions préliminaires de M. l'Abbé Arnaud (*i*); elles suffirent seules pour me convaincre que le plan de M. Klopstock est dessiné avec une correction, une noblesse, une fierté qui se marient parfaitement avec la naïveté & la simplicité de la Nature. Ce fut alors, Monsieur, que j'osai hasarder cette imitation d'un chef-d'œuvre exotique, où l'Auteur, en n'affectant aucune ma- nière connue des français, des anglais... me paraît ouvrir à la poésie une carrière aussi vaste que nouvelle

(*f*) On n'en peut refuser à un Auteur que ses talens rendent cosmopolite, qui discerne le beau chez l'Etranger & se l'approprie pour en enrichir sa patrie.

(*g*) M. de Voltaire, l'un d'eux, & le premier d'eux tous, a pour systême qu'il faut traduire en vers tout ouvrage en vers dans son principe. M. Klopstock m'aurait sans doute une grande obligation, si elle égalait celle que Milton & Shakespear ont à l'Auteur de Zaïre, de Mérope, &c. &c.

(*h*) Ces Ecrivains didactiques ont enchéri sur Aristote leur Maître: mais l'Abbé du Bos n'a pas eu l'honneur de pressentir que la mort d'Adam pouvait être la matiere d'un chef-d'œuvre du Théâtre, comme il devina que la Ligue pouvait fournir à un génie supérieur le sujet d'un Poëme épique.

(*i*) Il y regne une érudition qui n'est ni affectée ni pédantesque.

niere connue des Français, des Anglais, des Grecs même & des Romains, me paraît ouvrir à la postérité une carriere aussi vaste qu'elle est nouvelle (*k*).

M. Klopstock, placé sur un coin du globe, s'éleve jusques au sanctuaire de la divinité : il y lit que tout ce qui n'est pas Dieu, dépend d'un seul mot de Dieu. L'Esprit saint dit » QUE LA LU-» MIERE SOIT FAITE... ELLE BRILLE A L'INSTANT (*l*) ». Il dit à la Nature, complice du crime d'Adam; » VOUS MOURREZ... ET TOUTE MATIERE » PENCHE VERS LE NÉANT DONT ELLE EST SOR-» TIE (*m*) ». Il dit enfin au premier homme, en particulier : » TU MOURRAS DE LA MORT... & ce » pléonasme apparent est l'expression sublime de » la terrible agonie qui doit accabler l'Auteur de » tous les maux possibles, présens, passés, futurs, » moraux & physiques (*n*) ».

» TU MOURRAS DE LA MORT ». Voilà donc la Sentence personnelle d'Adam, & voilà l'idée ma-

---

(*k*) L'analogie découverte par M. l'Abbé Arnaud, est trop éloignée pour démentir la généralité de mon assertion. M. Klopstock peut avoir imaginé sa Mort d'Adam, sans avoir songé à l'Œdipe à Colone.

(*l*) Genese 1. v. 3. *Dixitque Deus fiat lux, & facta est lux.*

(*m*) Genese 2. v. 17. *In quocumque enim die comederis ex eo, morte morieris.*

(*n*) Eve ne parait pas avoir craint la mort de la mort, mais la mort seule, *ne forte moriamur*, dit-elle au Serpent, *Genese*, 3. *v.* 3. Mais le séducteur qui saisissait peut-être toute l'étendue de l'expression, *morte morieris*, assûre à la trop curieuse mere du Genre-Humain, qu'ils ne mourront pas de la mort. *Nequaquàm morte moriemini.* Ibid. v. 4.

jestueuse sur laquelle tourne, comme sur son unique pivot, toute la machine dramatique de l'Auteur dont j'ai suivi le plan avec scrupule, mais dont j'ai quelquefois changé le style, & souvent étendu ou élagué les pensées & les réflexions. J'ose le dire, aucun Pere de l'Eglise, aucun Interprete des annales sacrées, n'avait saisi, avant M. Klopstock, toute l'énergie de cette expression : TU MOURRAS DE LA MORT.

Plein de la divinité qui le possede & l'inspire, si M. Klopstock avait écrit en France, il aurait sans doute plus souvent & plus fortement exprimé la puissance du Dieu qu'adorent les Français, la sainteté & l'excellence de la vertu qu'ils aiment. J'ai connu ma nation (*o*), & j'ai cru qu'Adam tantôt embrâsé des feux du remords qu'excite en lui le cruel ressouvenir de son péché héréditaire, tantôt enlevé sur les aîles de l'esprit prophétique, tantôt entraîné par la force de l'amour paternel, pouvait se soustraire, en quelque façon, à la simplicité du langage des premiers temps, pour nous tracer par des métaphores hardies (*p*), mais toujours empruntées, des phénomènes sensibles ; là

(*o*) Je puis dire, sans partialité, qu'aucune autre n'a autant de respect pour la vraie Religion ; je n'en dois citer ici pour preuve que les applaudissemens qu'elle prodigue aux idées sublimes que nous donnent de la Divinité les Auteurs de Polieucte, d'Athalie, de Zaïre, de la Henriade, de Comminge, d'Euphémie, &c. &c.

(*p*) Ce ne peut, ce me semble, être un grand défaut, que de se servir dans les Pièces saintes du langage de l'Esprit-Saint. Le style des Prophètes est métaphorique.

le Dieu redoutable devant qui les montagnes s'écoulent comme la cire (q) ; ici le prodige de l'amour divin qui, par une union hypoſtatique & ineffable, répare un crime dont la plaie ſaignera juſques & au-delà de la fin des ſiécles ; partout enfin, la crainte, le reſpect, l'hommage, la fidélité, la reconnoiſſance que doivent vouer à l'Eternel les malheureux rejettons de la ſouche infectée de l'arbre généalogique du genre humain (r).

L'Ange de la mort qui voit & lit tout dans l'eſſence de Dieu même, & Caïn, jouet infortuné de la rage & du déſeſpoir, ſe ſervent auſſi de quelques expreſſions figurées, mais toujours à la portée d'Adam (s), que le premier accable du poids de ſa ſentence, & le ſecond du poids de ſa malédiction. Tous les autres perſonnages que j'introduis ſur la ſcène d'après M. Klopſtock, n'empruntent que le langage naïf du ſentiment ; mais, ou je me trompe, ou mon Eve reconnoiſſante fait plus ſortir de la toile les traits de cette providence infinie qui fraye une route au jeune Sunim égaré dans les déſerts. Ma Sélime fait éclater davantage ſon innocence & ſa pudeur, en attribuant à Dieu ſeul les nouveaux ſentimens qui naiſſent dans ſon âme timorée. La vertu de mon Seth eſt peut-être plus intéreſſante & certainement plus religieuſe,

---

(q) Pſeaume 96. v. 5.

(r) J'ai indiqué par une aſtériſque les additions principales & les endroits où je me ſuis le plus écarté de mon prototype.

(s) Quelle fut l'étendue de ſes connaiſſances ? C'eſt un problême qu'on ne réſoudra qu'alors qu'il ſera permis à la Créature de fixer des bornes à la libéralité du Créateur.

parce qu'elle eſt étayée d'une réſignation louable aux volontés ſuprêmes de l'Etre vengeur, dont néanmoins ce digne fils tâche de déſarmer le bras par la douce violence des prieres les plus ferventes.

L'eſpece, l'objet de ce Drame, & ſur-tout la faibleſſe du coloris, ne lui promettent pas les honneurs de la repréſentation (*t*); mais en ſerait-il digne? Je ne permettrais point qu'on les lui accordât, tandis que l'Egliſe Gallicane accablerait de ſes foudres (*u*) les gens à talens qui, en mettant en action la religion majeſtueuſe, la vertu eſtimable, le patriotiſme éclairé, &c. feraient peut-être des Chrétiens plus fervents, & des Citoyens plus fideles, que n'en feront jamais les Monologues peſamment méthodiques dont le Public ne ſe dégoûte

(*t*) On prêche la mort à la Cour: pourquoi n'y repréſenteroit-on pas celle d'un pécheur pénitent? Craindrait-on que l'impreſſion en ſerait moins paſſagere que celle d'un diſcours adulateur?

(*u*) Outre que c'eſt un crime de les braver, je trouve d'après les réflexions de S. Grégoire le Grand, chapitre 21. du dix huitième livre de ſes morales, qu'il y a, au moins, de la dériſion & de l'inconſéquence à faire prononcer l'apologie de la Religion, & des vertus chrétiennes, par des bouches excommuniées. Quel eſt l'homme ſenſé qui, après avoir lû dans le dur Tertullien, au Livre des Spectacles & de l'Idolâtrie, que le *Théâtre eſt la maiſon du Diable*, pourrait ſe faire une aſſez forte illuſion pour dire avec *Luſignan*, ſur celui de la Comédie Françaiſe:

Ton Dieu que tu trahis, ton Dieu que tu blaſphêmes,
Pour toi, pour l'Univers, eſt mort *en ces lieux mêmes*. (*Zaïr. Act. 2. Sc. 3.*)

que trop (*x*). L'Eglise, je n'en doute point, a ses raisons; je les respecte; mais il n'en est pas moins vrai que ses loix de discipline, dès qu'elles deviennent inutiles, ou qu'elles se trouvent en contradiction formelle avec les loix de police, & les

(*x*) Je suis très-éloigné de penser avec l'ingénieux & érudit Auteur de la *Prédication*, qu'il est inutile de rappeller ses devoirs à l'esprit de l'homme dissipé par les affaires, ou aveuglé par le déreglement du cœur; mais je soutiens, d'après Horace, que l'impression du discours le plus éloquent, n'égalera jamais celle d'une représentation pathétique.

Segniùs irritant animos demissa per aurem
Quàm quæ sunt oculis subjecta fidelibus. (Art. Poët.)

Les Confreres de la Passion (MM. de Fontenelle & le Président Hénault paraissent être de mon avis,) n'étaient pas répréhensibles d'avoir représenté les Mystères sacrés; mais de les avoir représentés ridiculement: tout se représentait autrefois, même dans nos Eglises, & se gravait ainsi plus profondément dans la mémoire. On raisonnait moins, on croyait mieux.

Un autre avantage des Théâtres, où les talens, qui ne seraient pas proscrits du sein de l'Eglise, ne représenteraient que des Drames, qui, bien examinés, seraient marqués au coin d'une saine doctrine, & d'une morale épurée, ce serait de diminuer le nombre prodigieux de ces Néophites qui, sans avoir rien appris, croient tout savoir, & par un faux zèle, ou par un orgueil soutenu, ou par une ambition démesurée, débitent, dans nos chaires, presque autant d'erreurs que de jolies paroles; de ces Orateurs sans goût & sans prudence, qui, en calquant mal-adroitement nos vices sur ceux de Paris, nous initient très-souvent dans des mysteres d'iniquité qui nous sont inconnus; de ces perroquets de tout plumage qui déclament, sans onction, des discours de tout prix, ou nous fatiguent par des lieux communs héréditaires qui descendent de barbe en barbe jusqu'à nous.

ordres du Prince aussi aimé qu'il mérite de l'être, n'existent (j'en appelle à une trop fatale expérience) (*y*) que pour être indignement foulées aux pieds, pour scandaliser nos freres errans, & servir de trophées à l'impiété & au libertinage.

Ce n'est pas ici le lieu d'établir la possibilité d'ouvrir, au moins dans les villes Capitales, des théâtres poussés au dernier période de décence, d'honnêteté, d'utilité, d'instruction ; il y aurait d'ailleurs de la témérité à vouloir enchérir sur les excellentes raisons opposées par Messieurs d'Alembert, de Voltaire, Marmontel & autres, aux raisonnemens captieux du trop fameux Paradoxophile de nos jours (*z*). Je me borne à remarquer que le scholastique Saint Thomas (*aa*), & l'éloquent Archevêque de Constantinople (*bb*), supposent

---

(*y*) Nos Seigneurs Prélats ne voient que trop souvent, avec la plus vive douleur, leurs Diocésains préférer au devoir de remplir le précepte de la Communion paschale, le plaisir d'aller à des Spectacles encore trop libres, mais autorisés par le Prince. Ne serait-il pas plus pastoral de travailler à réformer les abus des Spectacles actuels ?

(*z*) Le plus mince Littérateur a entre les mains les ouvrages de ces célèbres antagonistes.

(*aa*) L'Ange de l'Ecole (*2. 2. q. 163. art. 2 & 3.*) permet les Spectacles, *où l'on ne dira rien, on ne fera rien d'illicite, ni rien qui ne convienne aux affaires & au tems.* Il a donc cru que de pareils Spectacles étaient possibles. Pourquoi n'en ferait-on pas l'épreuve ?

(*bb*) Saint Chrysostome, après avoir fait, *dans sa sixième Homélie*, une vive & chrétienne incursion sur les Fêtes de Pallas, se propose, dans sa trente-septième, de réprimer les abus particuliers aux Spectacles de son tems. Il pensait

cette possibilité, qui n'a jamais été directement combattue par Saint Augustin (*cc*), ni même par M. de Meaux (*dd*). Je ne cache cependant pas que cette réforme doit être d'une difficulté presqu'insurmontable, puisqu'elle n'est pas ordon-

---

donc qu'on les pouvait réformer : imitons son zèle ; & on ne le soupçonnera pas de n'avoir point été éclairé.

(*cc*) L'Evêque d'Hippone, au *Liv.* 3. *de ses Confess.* nous trace, avec le crayon du remords, les criminelles impressions que faisaient sur son cœur amolli & ulcéré les Spectacles indécens de Carthage dissolue. . . . Ce n'est pas-là soutenir qu'il ne peut y avoir de Théâtres épurés.

(*dd*) Je sais que M. Bossuet, (*en plusieurs endroits, mais sur-tout dans ses Maximes & Réflexions sur la Comédie*,) a fourni à J. J. Rousseau une partie des armes dont il veut anéantir le Théâtre ; mais je sais aussi que, trop ambitieux, il voulait réunir tous les talens, ou dégrader ceux que la Nature lui avait refusés. Il en voulait moins au Théâtre en général qu'au trop libre Moliere, au trop tendre Quinault, & sur-tout au défenseur anonyme de la Comédie. Tel on le vit poursuivre avec trop d'acharnement un rival chéri, vertueux, & dont les erreurs n'ont servi qu'à donner un nouvel éclat à sa droiture & à sa sainteté. On connait la réponse d'Innocent XII à ce Prélat jaloux, qui eut toujours raison d'une maniere révoltante.

N. B. J'aurais encore différé de présenter cet essai au Public, si je n'avais lû (*dans la deuxième partie du tome* 3. *du Journal Encyclopédique*,) l'exhortation que fait le Journaliste éclairé à M. D'Arnaud, de traduire en entier le Drame dont il imite les morceaux les plus pathétiques dans le Discours préliminaire de la troisième édition du Comte de Cominges. Je souhaite que le succès de cette imitation, que j'ai l'honneur de vous adresser, détermine l'Auteur de Cominges, d'Euphémie, &c. à consacrer ses momens précieux à créer de nouveaux chef-d'œuvres édifians.

née par le Monarque BIEN-AIMÉ qui ne s'occupe que du bonheur de ſes ſujets, entrepriſe par des Miniſtres qui cultivent les talens qu'ils protégent, autoriſée enfin par un illuſtre clergé dont les mains paternelles retireraient ſans doute avec plaiſir des foudres qui ne s'allument jamais qu'aux feux des vices qui donnent la mort à l'âme.

J'ai laiſſé couler ma plume, Monſieur ; vous ne me ſoupçonnerez pas d'avoir voulu ſurprendre votre ſuffrage, par une apologie indirecte d'une production qui ſera peut-être éphémere ; je devais excuſer, à votre tribunal, les écarts d'une muſe Chrétienne, qui, quoiqu'anonyme, reſpecte les jugemens du public éclairé.

J'ai l'honneur d'être, &c.

ACTEURS.

ADAM.

CAÏN.

SETH.

EMAN, *l'un des plus jeunes fils d'*ADAM.

SUNIM, *le plus jeune de tous.*

EVE.

SÉLIME, *petite-fille d'*ADAM.

TROIS MERES, *qui menent, pour la premiere fois, leurs fils à* ADAM.

L'ANGE DE LA MORT.

*La Scène est dans une Cabanne, au fond de laquelle est la demeure d'*ADAM, *& l'Autel d'*ABEL.

LA

LA MORT D'ADAM, TRAGÉDIE.

ACTE PREMIER.

SCENE PREMIERE.

SÉLIME, SETH.

SÉLIME.

*(Elle entre du côté opposé à la Cabane d'*ADAM*; *SETH *est à la porte de celle de son pere, où, les yeux élevés au Ciel, il prête une oreille attentive aux gémissemens qui pénétrent son ame.)*

O jour le plus heureux, le plus beau de ma vie!
Jour où de l'Éternel la clémence infinie
Doit former les saints nœuds de l'amour conjugal!
Ton aurore présage un plaisir sans égal.
Ainsi que la clarté, ma flamme vive & pure,
Prête un nouvel éclat à toute la Nature.

Mon cœur se livre en paix au nouveau sentiment
Que fit naître le choix du vertueux Éman.
Favorable à mes vœux, dès l'aube matinale,
Eve daignait orner ma couche nuptiale.
A ses ordres soumis, mes freres & mes sœurs,
Aux branches de Palmiers assortissaient des fleurs....
Au pied de ce platane, ombrageant la prairie,
Je reverrai bien-tôt cette troupe chérie.
Je viens d'y préparer des fruits délicieux,
De la bonté du Ciel dons chers & précieux.
Sous des herbes encor brillantes de rosée,
Des raisins les plus beaux une grappe est cachée.
Elle est à mon époux. Je dois cette faveur
A l'amour épuré qui regne dans mon cœur.
O tendre souvenir! Éman choisit Sélime!
Avant que le Soleil dans les ondes s'abîme,
La présence d'Adam doit honorer ces lieux.
Tendre Pere!.... Bien-tôt vous aurez sous les yeux,
Présentés par les mains des meres fortunées,
Tous ceux de leurs enfans qui comptent trois années.
Vous les bénirez tous.... Votre amour paternel
Doit luire aussi pour nous en ce jour solemnel.
Adam couronnera notre ardeur légitime.
Vers le lit nuptial il conduira Sélime.
Viens, Seth, viens adorer l'Auteur de ces bienfaits,
Rendons graces à Dieu.... Mon frere.... tu te tais!
Ta sœur voit le sourire expirer sur ta bouche.

SETH.

De ton bonheur prochain le sentiment me touche;
Il pénetre mon ame, & j'en suis occupé.
Chere Sélime..... hélas!

SÉLIME.

Ce soupir échappé

Répond mal aux transports de la gaieté commune ;
Ton cœur est accablé d'une idée importune.
Mon frere aurait-il donc quelque secret pour moi ?

SETH.

D'un silence profond je m'imposais la loi :
Mais ma sincérité, ton trouble, tes allarmes....
Arrête cependant le torrent de tes larmes.
L'excès de mon amour peut m'induire en erreur....
Sélime, tu le veux..... je vais t'ouvrir mon cœur.
Tandis qu'Eve, à ton gré, dans ces riantes plaines,
Présidait aux apprêts de tes nôces prochaines,
J'avais les yeux fixés sur le front paternel.
Gémissant, prosterné sur le tombeau d'Abel,
Ton pere était plongé dans de tristes pensées :
D'une morne douleur les empreintes tracées.....

SÉLIME, *l'interrompant.*

C'en est assez.... volons.... je veux saisir sa main :
Seth ! je veux la baiser, la presser sur mon sein.
J'attacherai sur lui des regards de tendresse.
Je veux le conjurer de vaincre sa tristesse....
Que vois-je ? malgré toi, tes yeux versent des pleurs.
Cruel ! me céles-tu quelques nouveaux malheurs ?

SETH.

Pourquoi la quittas-tu, ta cabane paisible ?
Sélime, laisse-moi.... ton ame trop sensible
Peut-elle soutenir le poids de mon secret ?
Il m'échappe.... ah ! ma sœur, j'obéis à regret.
Tu ne connaîtras point ton respectable pere
A l'effrayant portrait que va tracer ton frere.
Je l'ai vu ce matin traînant son foible corps :
La douleur paraissait en briser les ressorts.
De ses membres tremblans à peine ayant l'usage,
Une sombre pâleur lui couvrait le visage.

Les yeux ſur moi fixés il ne me voyait pas.
Il entre en ſa cabane & dirige ſes pas
Vers la pierre où d'Abel la victime agréable
Nous obtenait des Cieux un regard favorable.
Je le voyais frémir & trembler à la fois.
Je l'entendais prier. il élevait ſa voix.
Mais par de longs ſoupirs cette voix repouſſée
Exprimait les tourmens de ſon ame oppreſſée.
Il gémiſſait encor, quand tu vins en ce lieu
Me diſtraire des vœux que j'adreſſais à Dieu.
Lui ſeul peut rétablir une ſanté ſi chere....
J'entends des pas tardifs... Ah! ma ſœur, c'eſt mon pere!

SCENE II.

ADAM, SETH, SÉLIME.

ADAM.

(A part.) *(Haut.)*
SETH & Sélime!... ô jour de douleur & d'effroi!
Ce jour, ce même jour ſera brillant pour toi,
Chere Sélime: vole où le plaiſir t'appelle;
Ombrage de rameaux ta cabane nouvelle,
Va te parer des fleurs qui naiſſent dans nos champs;
De tes nôces préviens les fortunés momens.
(Il l'embraſſe.)
Va, ma fille, c'eſt moi; c'eſt Adam qui l'ordonne.
Ton aimable pudeur de cet ordre s'étonne!
Je ſais qu'il eſt contraire à l'uſage reçu.
Je peux t'en diſpenſer, ſans bleſſer ta vertu.
Pars.... De mon ordre inſtruis mon épouſe fidelle.

SÉLIME.

(Elle ſort en exprimant ſes inquiétudes par ſes tendres regards.)
Mon pere, j'obéis.

SCENE III.

ADAM, SETH.

ADAM.

D'Une douleur mortelle
Son pere a vu les traits se peindre dans ses yeux.
Elle fuit : mais son cœur est encor dans ces lieux.
Il ne me quitte plus... Ame sensible & pure,
Que le Ciel de ses dons te comble avec usure.
Hélas! dans peu, mon fils, je ne la verrai plus.
Ses graces, sa beauté, sa pudeur, ses vertus,
Rappellent à mes sens Eve encor innocente
*(a) Dans ces jours fortunés où la terre naissante,
*Ne portant pas encor un pere criminel,
Reposait à l'abri du courroux Éternel.
Mais, ô toi, mon cher fils, ma plus belle espérance,
O toi qui reconnais cette Sagesse immense,
Dont le doigt se jouant dans ce vaste Univers,
Brise l'aîle des vens, brave l'orgueil des mers;
Adore ses decrets : ils sont inébranlables.
(*A part.*)
Homme faible & soumis!... O douleurs ineffables!
(*Haut.*)
Quel coup je vais porter!... Approche, enfant chéri;
(*Il embrasse Seth.*)
Rappelle tes vertus.... Adam meurt aujourd'hui.

(a) Tous les astérisques répandus dans le cours de ce Drame indiquent des changemens & des additions. Lorsqu'ils sont accompagnés d'une lettre, ils renvoient aux notes placées au bas des pages.

SETH.

Mon pere!

ADAM.

(A part.)

Mon cher fils!... Il garde le silence....,

(Haut.)

Reviens à toi, mon fils. De ta propre douleur
Tu me vois pénétré : tu m'arraches le cœur.
Accorde à mes discours une oreille attentive.
Songe, pour rappeller une ame fugitive,
A l'excès de terreur que m'inspirait la voix
Qui m'annonçait la mort pour la premiere fois.
Toi seul de mes enfans, à mon heure derniere,
De ton pere expirant fermeras la paupiere.
Un nuage confus répandu sur mes yeux
Me présage la mort.... Ainsi l'aspect des Cieux,
Et les accords divins de leur noble harmonie,
M'annoncerent l'instant où je reçus la vie.
J'abandonnais mon cœur au doux pressentiment
Du bonheur projetté de Sélime & d'Éman;
Je bénissais leurs nœuds, leur innocente flamme....
Tout-à-coup la terreur s'empara de mon ame.
Tout mon corps fut saisi d'un affreux tremblement.
Mes sens sont ébranlés d'un subit mouvement,
Plus rapide cent fois que ne l'est la pensée....
C'était la mort vengeant la Nature offensée.
La mort, comme un torrent, se répand dans mon corps.
Sur mes os disloqués redoublant ses efforts,
Elle me frappe enfin d'une langueur soudaine.
Mes membres engourdis se mouvaient avec peine,
Muet comme tu l'es, au récit de mes maux;
Ma douleur s'exhalait en lugubres sanglots.
Ma langue était alors immobile & glacée.
Ne crois pas cependant que mon ame insensée,

Au Maître des Humains se plaigne de son sort.
C'est la Nature, hélas ! qui lutte avec la Mort.
Pardonne-moi, grand Dieu ! la faiblesse & la crainte.
L'image de la mort dans mes yeux est empreinte.
O mon fils ! de mon sang elle interrompt le cours.
Jour affreux ! tu seras le dernier de mes jours !
Ma frayeur, à l'instant, redouble.... & me désole.
Ange Exterminateur, tu tiendras ta parole....
(*A son fils.*)
Je te veux bien encor confier ce secret.
Rappelle-toi, mon fils, que, par un seul arrêt,
Mon Juge enveloppa dans la même disgrace
Ton pere criminel avec toute sa race.
Hors des portes d'Eden, j'en rougissais d'effroi,
Mais l'Ange de la Mort est debout devant moi.
Il dit : « ÉCOUTE, ADAM, LORSQUE DE TA SENTENCE
» LE CIEL T'ACCORDERA LA PLEINE INTELLIGENCE,
» TU TOUCHERAS DE PRÈS A SON ÉVÉNEMENT.
» JE VIENDRAI T'EN MARQUER ET L'HEURE ET LE MOMENT ».
Interprète sacré d'un Juge inéxorable,
Viens.... ton retour prédit en est moins redoutable.
Je t'attends : ô mon fils ! lève les yeux au Ciel.
*(a) Dieu daigne encor verser quelques gouttes de miel
Dans mon breuvage affreux de fiel & d'amertume ;
Au sein de la terreur l'espérance s'allume....
« TU MOURRAS DE LA MORT ».... A mon esprit troublé,
De ce fatal arrêt le vrai sens est voilé.
« TU MOURRAS DE LA MORT ».... Quel tourment pour ton pere !
De mes derniers soupirs sois le dépositaire.

(a) Expressions métaphoriques empruntées de l'Ecriture-Sainte.

Depuis mon crime, hélas ! tous les jours je me meurs.
Je ne crains pas la mort ; mais j'en crains les horreurs.
Mon ame eſt préparée.....

SETH.

Adam nous abandonne !
Il conſent à mourir !

ADAM.

Tout ce qui m'environne
Me retient ici bas !.... ô mon ſang ! ô ma chair !

SETH.

Mon pere, ſi jamais votre fils vous fut cher,
Vivez encor pour lui. Senſible à ſa priere.....

ADAM.

Laiſſe-moi reſpirer : mon ame toute entiere
S'épanche & ſe confond dans la tienne.... Grand Dieu !
Tempère la douleur qui nous ſuit en tout lieu.
Mon fils, allons fléchir le Juge redoutable.
Adorons ſon arrêt.

SETH.

Je le crois adorable.
Mais cet arrêt de mort doit-il s'exécuter
Aujourd'hui, ſous mes yeux ?... ah ! daignez m'écouter :
Vous aimez vos enfans ; votre tendreſſe extrême
Craint trop de les quitter... Vous vous trompez vous-même.
Vous rapprochez des tems peut-être reculés.
La vive émotion de vos ſens ébranlés,
*(Je l'eſpere du Ciel, toujours bon, toujours juſte :)
Eſt l'effet naturel d'une ſanté robuſte,
Qui des ſiecles entiers a bravé les hivers.

ADAM.

(*A part.*) (*Haut.*)
Que répondre à mon fils ?... Malheureux & pervers !
De l'Ange de la Mort la voix inopinée
Va peut-être bien-tôt marquer ma deſtinée.

Ange terrible, au moins ne t'offre qu'à mes yeux :
Épargne à mon cher fils ton aspect odieux.
(*A Seth.*)
Regarde cet autel teint du sang de ton frere ;
Va, Seth, de l'Éternel désarmer la colere.
Puisse-t-il agréer l'encens de tes vertus,
En ajoûtant un jour à mes jours révolus !

SETH.

(*Il sort en élevant les yeux & les mains au Ciel.*)
Mon pere, j'obéis.

SCENE IV.

ADAM, *seul.*

SEs prieres ferventes,
Auprès de l'Éternel, sans doute sont puissantes ;
Mais ta justice, ô Ciel ! égale ta bonté,
Et l'immuable arrêt doit être exécuté.
  Quel trouble me saisit ! ma langueur m'abandonne.
Mon cœur est palpitant ; je tremble ; je frissonne.
La terreur & l'effroi s'emparent de mes sens.
La mort vient sur leurs pas... oui ; déjà je la sens.
  Toi que je foule aux pieds, insensible poussiere,
Tu couvriras bien-tôt cette vile matiere ;
L'argile de ce corps, mes membres desséchés.
Quel spectacle pour vous qui m'êtes attachés
Par les liens du sang, & ceux de la Nature !
Mon Dieu, ne souffrez pas, Adam vous en conjure,
Qu'Eve, & tous mes enfans, témoins de mon trépas,
Viennent, en gémissant, se jetter dans mes bras.
Je ne soutiendrais pas leur tendresse cruelle.

Et toi, chere moitié, ma compagne fidelle,
Aimable, & tendre objet de mes chastes desirs,
Qui partageais mes maux, mes travaux, mes plaisirs;
Tous deux, au même jour, appellés à la vie,
Sera t-elle à tous deux au même jour ravie?
Toi seul le sais, grand Dieu! toi qui, dans ta fureur,
Lançás le juste arrêt dont je crains la rigueur.

SCENE V.

ADAM, SETH.

ADAM.

TE voilà de retour!... Les cris de l'innocence
Ont-ils de l'Éternel imploré la clémence?

SETH.

Je ne priai jamais avec tant de ferveur;
La tristesse, l'amour, l'espoir & la terreur,
Animaient les transports de ma vive priere.

ADAM.

Tu le sais, mon cher fils de mon heure derniere;
Tu dois seul partager tous les tourmens divers.
Je vais sacrifier au Dieu de l'Univers.
Charge-toi d'éloigner ta mere & ses compagnes.
Quand le Soleil fuira derriere ces montagnes,
Viens rejoindre ton pere aux pieds de l'Éternel.

SETH.

Moi!... vous abandonner!... je serais criminel!
Je vous obéissais, comme à l'Être suprême;
Mais, dans ce jour affreux, vous livrer à vous-même!
Pouvez-vous l'exiger? consultez votre cœur.

Mon pere, pardonnez.... le mien frémit d'horreur,
Et ne peut ſoutenir cette effrayante idée.
Sélime cependant de chagrins obſédée,
Fait retentir les airs de lugubres ſoupirs.
Je n'ai pu refuſer à ſes preſſans deſirs,
Aux cris de ſon amour, au torrent de ſes larmes,
D'avouer le ſujet de mes vives allarmes.
* L'horreur a peint Adam ſe traînant à l'autel.

ADAM.

Mes yeux vont la revoir! .... Trop malheureux mortel!
Je dois donc ſuccomber à ma douleur extrême!

SETH.

Mon pere, quelqu'un vient.... C'eſt Sélime elle-même.

ADAM.

Quoi! mes enfans!... Si-tôt!....

SCENE VI.

ADAM, SETH, SÉLIME.

ADAM, *à part & détournant la vue.*

O mortelles couleurs!
Tel expirait Abel arroſé de mes pleurs!....
(*A Sélime.*)
Ma fille, tu parais interdite, étonnée;
Ton ame à la douleur ſuccombe abandonnée.
Rappelle tes eſprits.... chere Sélime....

SÉLIME.

Hélas!
Par votre ordre, tantôt, m'arrachant de vos bras,
J'allais cueillir des fleurs ſous les yeux de ma mere....
*Il marchait devant moi, ce tableau que mon frere

M'avait fait de l'état où son œil vous surprit;
Ce terible tableau, qui troublait mon esprit,
Fit passer dans mon cœur une subite atteinte.
Du Soleil à mes yeux la lumiere est éteinte:
L'usage de mes sens languissait suspendu,
Et sur l'herbe des champs ce corps faible, étendu...
Ma cabane parut mobile & fugitive.
(*Elle embrasse les genoux d'Adam.*)
Ah! plutôt dissipez cette douleur trop vive.
Vous nous devez vos jours; nous vous devons nos soins.
Laissez agir mon cœur, il connait vos besoins.
Mon pere, permettez.... ces mains reconnaissantes
Vont choisir à l'instant des feuilles renaissantes;
J'en garnirai le siége où nos brûlans étés
Vous ont vu tant de fois dicter vos volontés;
Sous un ombrage frais je placerai ce siége;
Là de tous vos enfans vous verrez le cortége
De vos maux avec moi partager le fardeau.
Leur amour....

ADAM, *la relevant.*

Leve-toi.... va, ce transport nouveau
Est digne de ton cœur, ô fille toujours chere!
Mais calme tes chagrins, laisse Seth & ton pere.
(*En montrant Seth.*)
Je dois lui découvrir des secrets importans.
Sélime, laisse-nous... J'ai, dans ces derniers tems,
Visité ces dehors dont la beauté m'enchante;
Tu connais mon ormeau.... Cette vigne abondante
Qui l'entourait jadis, conduite par ta main,
Succomba sous le poids des grappes de raisin.
D'un cours irrégulier corrige les caprices:
Tu sais que cet ormeau fit toujours mes délices;
Il est de ces vallons le plus bel ornement.
Je compte sur tes soins.

SCENE VII.

ADAM, SETH, L'ANGE DE LA MORT.

ADAM.

SETH, encore un moment,
Et je ne pouvais plus fixer mes yeux ſur elle.
Épuiſe tous tes coups, ô vengeance éternelle!
Non, tu ne comprends pas l'excès de mon malheur.
Telle que dans nos champs une naiſſante fleur
Brille & perd ſon éclat dans la même journée,
Par le ſouffle du tems ta ſœur infortunée
Verra bien-tôt flétrir ſes appas innocens.
POUSSIERE ſous les pieds de ſes petits enfans,
Ces enfans à leur tour redeviendront POUSSIERE.
O toi que j'inſtruiſois de ma grandeur premiere,
Tu le ſais, les Humains tendent tous à la mort;
Tous pécheurs en Adam.... tous ont le même ſort.
J'en friſſonne d'horreur.... ô penſée accablante!
D'un énorme rocher la maſſe moins peſante
Preſſerait moins, hélas! mon trop ſenſible cœur.
Va, mon fils, laiſſe moi; va conſoler ta ſœur.
Pour moi je vais creuſer d'une main criminelle
La tombe où pourrira ma dépouille mortelle.

SETH.

O ſpectacle, à mes yeux, & terrible & nouveau!
Seth, tu verrais Adam préparer ſon tombeau!
Grand Dieu! que ton courroux ſur ma tête retombe,
Mon pere.... différez de creuſer votre tombe.

ADAM, *montrant la tombe d'Abel.*

Abel repoſe ici, je veux y repoſer.
Mon cadavre!... A tes yeux voudrais-tu l'expoſer?
Tu le verrais pourrir, & tomber en pouſſiere.

SETH.

Dieu vengeur, suspendez votre juste colere;
A quelle épreuve, hélas! soumettez-vous mon cœur!

ADAM.

(*Le Théâtre s'obscurcit peu-à-peu.*)
De son trône irrité, la craine & la terreur
Descendent à l'instant... Quelle nuit imprévue!
Je ne puis te fixer, je détourne la vue.
L'Univers n'est pour moi qu'un ténébreux cahos.
Quelle secousse, ô Ciel! ébranle tous mes os!
(*On entend un bruit sourd.*)
Mon cher fils... ces rochers... ils tremblent... jour terrible!
Ange exterminateur, tu seras donc visible.
Arrête.... ton abord présage le courroux.
Il porte ici ses pas, il avance vers nous.
(*Le bruit sourd continue.*)
Entends-tu s'agiter les prochaines collines?
L'interprete sacré des volontés divines,
Le vois-tu, mon cher fils?

SETH.

Environné d'horreurs,
Des ombres de la nuit les obscures lueurs....
Je ne vois rien, je prête une oreille attentive.

ADAM, *à l'Ange qui paraît, le bruit sourd redoublant.*

Viens, parle, me voici: ta sentence tardive
Augmente mon effroi, Ministre de douleur;
Prononce....

L'ANGE DE LA MORT.

Écoute, Adam: ton Dieu, ton Créateur
Te parle par ma voix: « HOMME FORMÉ DE TERRE,
» AVANT QUE LE SOLEIL ACHEVANT SA CARRIERE,
» DE CES CÈDRES VOISINS AIT FRANCHI LA FOREST,
« TU MOURRAS DE LA MORT ». Respecte cet arrêt:

»* A ta race la Mort devient héréditaire ;
»Dans les bras d'un ſommeil paiſible & ſalutaire,
»Les uns ſeront rayés du nombre des vivans ;
»Les autres éprouvés au creuſet des tourmens,
»Broyés par la douleur, redeviendront POUSSIERE :
»Mais, toi premier auteur de l'humaine miſere,
» TU MOURRAS DE LA MORT. A ce dernier moment,
»Ton corps ſera frappé d'un nouveau tremblement.
»J'imprimerai mes pas ſur ces rochers arides ;
»Ils ſeront ébranlés ; & mes mains homicides
»Tireront ſur tes yeux un voile ténébreux.
»Tu ne verras plus rien dans ce moment affreux :
»Mais un bruit comparable à l'éclat du tonnerre,
»AVANT QUE LE SOLEIL ACHEVANT SA CARRIERE,
»DE CES CÈDRES VOISINS AIT FRANCHI LA FOREST.
»T'ANNONCERA LA MORT ».

ADAM.

Soumis à cet arrêt,
J'adore, en périſſant, la main qui me châtie.
O mon juge ! adoucis l'effrayante agonie
D'un pécheur pénitent.... Ange exterminateur,
(*L'Ange ſe retire.*)
Vole au Trône de Dieu, fléchis mon Créateur ;
Unis tes vœux aux miens, je ſuis prêt....

SETH.

Tendre pere !
Vous quittez votre fils !... Dans le ſein de la terre
(*A Adam qu'il veut arrêter.*)
Je retourne avec vous.... Où voulez-vous aller ?

ADAM.

Adorer l'Éternel.

SCENE VIII.

SETH, *seul.*

CESSE de m'accabler,
Trop amere douleur, douleur inexprimable !
Tu me perces le cœur! ta force impitoyable
De la mort aujourd'hui me fait subir la loi.
Tu me donnas le jour, je le perds avec toi,
O Pere, le premier & le meilleur des Peres;
Chef de tous les enfans suçans le lait des meres,
Et de ceux qui naîtront jusqu'à la fin des tems!
Vous ne pourrez donc pas baiser ses cheveux blancs,
O mes enfans!... Et toi, dernier jour qui l'éclaire,
Tu n'as précipité ta course meurtriere,
Que pour mieux éprouver si je crains l'Éternel.
Je vais, d'un bras tremblant, creuser près de l'autel,
Son tombeau!... son tombeau!... le tombeau de mon pere!
» AVANT QUE LE SOLEIL ACHEVANT SA CARRIERE,
» DE CES CÈDRES VOISINS AIT FRANCHI LA FOREST «.
O parole terrible! irrévocable arrêt!

Fin du premier Acte.

ACTE

ACTE SECOND.

SCENE PREMIERE.

ADAM, SETH.

ADAM, *appuyé sur l'autel devant sa tombe.*

Quel effroyable aspect ! ô mon fils ! cette terre
N'étale plus l'éclat de la fleur printanière,
Dont les parfums exquis s'exhalaient dans les airs !
Mes yeux ne voyent plus les cèdres toujours verds
Étendre, dans son sein, leurs profondes racines.
Ici, victime, hélas ! des vengeances divines,
Mes os seront pourris : & par les vers rongés,
Tu les verras bien-tôt en POUSSIÈRE changés,
Sur les aîles des vents, perdus dans le nuage !
Moi ! de mon Créateur le plus parfait ouvrage,
Qui ne suis pas conçu dans un sein criminel ;
« JE MOURRAI DE LA MORT.... » Déjà son trait cruel
Pénétre les replis de ce corps misérable :
La Mort les a marqués de son sceau redoutable.
Mes yeux sont obscurcis, mes membres sont tremblans,
Mon cœur est oppressé, mes pas sont chancelans ;
Un frisson me saisit, ma pésante paupière
Appelle le sommeil. Quel sommeil ! qu'il diffère

De ce sommeil heureux qui calmait ma douleur.
C'est la mort.... Mais avant que son bras destructeur
Porte son dernier coup sur le chef de ton père,
Viens, je veux profiter de ma faible lumière;
Je veux jetter encor un regard curieux
Sur la terre d'Éden, séjour délicieux!
Je vais respirer l'air de vos belles campagnes!
Ouvre de ce côté?

SETH, *ouvrant une fenêtre qui offre une perspective.*

Voyez-vous ces montagnes?
Ce sont celles d'Éden.

ADAM.

Peut-être du Soleil
Les nuages épais cachent l'éclat vermeil.
Je ne vois pas Éden.

SETH.

Quelques nuages sombres
Jettent, sur ces côteaux, de passageres ombres.
L'horison s'éclaircit, & le Soleil paraît.

ADAM.

Il paraît! le vois-tu pencher vers la forêt?
(*Vivement.*)
Mon fils ne répond pas.... quelles tristes idées!
Tu répondras bien-tôt.

SETH.

Un voile de nuées,
Mon pere, en ce moment, dérobe le Soleil.

ADAM.

Quand il se montrerait dans tout son appareil,
Ferait-il éclater sa plus pure lumiere;
Je ne le verrai plus! j'achéve ma carriere,
C'en est fait: retournons auprès de mon tombeau;
J'y veux fixer des yeux qui se fondent en eau.
Viens, soutiens-moi, mon fils!....

SETH.

O le plus cher des peres!

ADAM, *portant les yeux du côté d'Éden.*

*Rochers, monts sourcilleux, dont les crêtes altieres
S'élevent avec pompe, & menacent les Cieux;
Sources qui répandez vos trésors précieux
Dans le fertile sein de la riche Nature;
Ruisseaux qui ranimez les fleurs, & la verdure;
Vallons délicieux où je prenais le frais;
Arbres fiers & touffus, ornemens des forêts,
Étalant dans les airs vos couronnes brillantes;
Plantes qui recourbez vos têtes bienfaisantes,
Pour calmer la fatigue & l'ennui des chemins;
Cabane où je coulais des jours purs & sereins;
Beaux lieux, champs fortunés, agréables vallées,
Où de tous mes enfans les troupes rassemblées,
De leur aimable aspect réjouissaient mes yeux;
De votre Roi mourant recevez les adieux.
Et vous brillant séjour de toutes les délices,
De mes jours innocens vous eûtes les prémices:
Mais devenu témoin du premier des forfaits,
Vous éprouvez, hélas! ses funestes effets.
Lieux sacrés, dois-je encore me rappeller vos charmes?
Je vous profanerais par de coupables larmes.
Adam vous fait aussi ses éternels adieux.
(*Pendant ces adieux, Sélime se laisse entrevoir dans le lointain.*)
Éloignons-nous, mon fils, de ces augustes lieux.
* J'ai peine à distinguer du fleuve qui l'arrose,
La terre que j'ai vu nouvellement éclose:
Mais un malheur plus grand me tourmente & me suit,
La mort, en me plongeant dans l'éternelle nuit,
De ce fils vertueux va me ravir la vue.
(*A part.*)
Son corps frissonne, hélas! & son ame est émue.

(*Haut.*)

Je dois l'encourager..... Mon fils ; quelle douleur !
Si le Ciel irrité me conduisait ta sœur.....

SETH.

Pere trop malheureux ! inquiette, égarée,
Sélime, en ce moment, à mes yeux s'est montrée.
Elle approche... elle fuit... la frayeur, les sanglots.....

ADAM.

Pourrai-je lui cacher le comble de mes maux?
Les signes de la mort sont-ils sur mon visage?
Tu n'oses me fixer?

SETH.

Ce lugubre langage
Est un glaive tranchant qui me perce le cœur.
Sur votre auguste front une horrible pâleur.....
Je ne vis point Abel à son heure derniere ;
Mais l'un de vos enfans sur le sein de sa mere,
Expira, sous mes yeux, à la fleur de ses ans.
On vous cacha son sort.

ADAM.

Quoi ! l'un de mes enfans
Avec le juste Abel est rentré dans la terre ?
O mort ! funeste fruit d'un crime héréditaire.
On me cachait le coup que prodiguait ton bras !
Mais parle ; ce cher fils, victime du trépas,
Craignait-il l'Éternel ?

SETH.

Oui. Son ame était pure.
En payant le tribut à la frêle Nature,
Un souris gracieux, un front doux & serein
M'étaient un gage sûr de son heureux destin.
Quand de son corps glacé, l'ame fut envolée,
De ce tableau touchant la mienne fut troublée,
J'en détournai les yeux. Mais Sélime paraît.

ADAM.

O ſouvenir amer ! ô renaiſſant regret !
Le dernier des enfans donnés à ma tendreſſe,
Sunim eſt égaré.

SCENE II.

ADAM, SETH, SÉLIME.

SÉLIME.

PARDONNEZ ma faibleſſe,
Mon pere : dans vos bras, malgré l'ordre formel,
Je reviens implorer votre amour paternel;
Ah! daignez m'écouter.... Un homme épouvantable;
J'ignorais que la terre en portait de ſemblable :
Il n'eſt pas votre fils.... Eſt-il quelques forêts
Où des hommes errants ?

ADAM.

Réponds : quels ſont ſes traits ?

SÉLIME.

Il a l'air menaçant, la taille avantageuſe,
Les yeux creux, égarés, la figure hideuſe;
Il traîne la terreur & la mort ſur ſes pas.
Sans doute la colere avait armé ſon bras
De l'énorme fardeau d'une horrible maſſue;
Sur ſes membres nerveux une peau ſuſpendue
Brille de tout l'éclat des plus vives couleurs ;
Et ſon teint baſané, brûlé par les chaleurs,
Laiſſe entrevoir encor ſa pâleur effrayante.
Hélas! elle n'a point cette teinte touchante
Que la douleur.....

ADAM.

Son front s'offrait-il à tes yeux ?

SÉLIME.

La crainte retenait mes regards curieux ;
Je ne le fixais pas ; mais sur son front... un signe.

ADAM, *vivement.*

C'est Caïn, Dieu vengeur ! c'est Caïn ! fils indigne !
Le Ciel t'enverrait-il, dans ce moment affreux,
Pour rendre de la mort le joug plus rigoureux ?
O Seth ! va renvoyer ce premier homicide.
S'il s'obstine à me voir.... C'est le Ciel qui le guide ;
Le Ciel veut me punir : je le mérite, hélas !
Viens donc, enfant maudit, contrister mon trépas.
Mais avant de partir, Seth, couvre cette pierre
Fumante encor du sang de ton malheureux frere.

(*Seth couvre la pierre & se retire.*)

Ce sang peut de Caïn rallumer la fureur.

SCENE III.

ADAM, SÉLIME.

SÉLIME.

O mon pere, excusez ma trop juste douleur,
J'ose exiger d'Adam que son cœur me réponde.
Que vois-je ! Quelle est donc cette fosse profonde ?
Quelle main la creusait au pied de cet autel ?

ADAM.

Ma fille, d'un tombeau le spectacle cruel
T'a-t-il jamais frappé ?

SÉLIME.

D'un tombeau ! quoi ! mon pere !

ADAM.

O jour que m'accorda le Ciel dans sa colere !
Caïn viendra bien-tôt, & Sélime est ici.

SÉLIME.

Mon pere, répondez : votre fille aujourd'hui
Aurait-elle perdu votre amour, votre estime ?
Vous m'appelliez jadis votre chere Sélime.
Ce tems n'est plus, hélas !

ADAM.

Sélime, que dis-tu ?
Je t'aime.

SÉLIME.

Vous m'aimez ! qu'ai-je donc entendu ?
Vous mourrez, & Caïn, cet homme épouvantable,
Vient aggraver le joug dont la mort vous accable.
La mort... Quoi ! nous quitter, nous quitter sans retour ;
Est-ce la preuve, hélas ! de votre tendre amour ?

ADAM.

Cesse de t'affliger, fille aujourd'hui trop chere,
Poussiere, nous devons retourner en poussiere.
Sélime, hélas ! du tems les doigts appésantis
Avaient marqué son cours sur mes cheveux blanchis,
Lorsque tes yeux encor fermés à la lumiere....
Mais si Caïn....

SÉLIME, *en embrassant les genoux de son pere.*

Daignez écouter ma priere :
J'ose vous conjurer par l'amour paternel,
Dont vous avez comblé le vertueux Abel ;
Par l'amour que pour nous vous conservez encore ;
Par ces tendres enfans qui sont à leur aurore,
Et que vous bénirez ; par Seth, par mon époux,
Par les pleurs dont Sélime arrose vos genoux ;
O mon pere ! vivez.

ADAM, *en relevant Sélime.*

Fuis ton malheureux pere.

SCENE IV.

ADAM, CAÏN, SETH, SÉLIME.

CAÏN.

*ADAM, source des maux qui ravagent la terre,
Tu pâlis à mes yeux! pâlissais-tu, cruel,
Lorsque je n'étais pas proscrit par l'Éternel?
Le crime te poursuit.

ADAM, *en montrant Sélime.*

Arrête.... vois ses larmes,
Caïn, si tu ne peux partager ses allarmes,
N'insulte pas du moins aux cris de sa douleur.
Que le blasphême affreux s'étouffe dans ton cœur.
De cette fille enfin respecte l'innocence.

CAÏN.

L'innocence! en est-il depuis notre naissance?

ADAM.

Sélime, obéis-moi; retire-toi d'ici;
Seth te rappellera.

SCENE V.

ADAM, CAÏN, SETH.

ADAM.

Tu m'as désobéi,
Caïn? pourquoi troubler la touchante harmonie
De ma famille ici par l'amour réunie?

CAÏN.

Parle; quel est celui qui dirigeait mes pas?

ADAM.

C'est Seth, mon second fils.

CAÏN.

Ne m'en impose pas *.
Je brave ta pitié, ce fils est ton troisieme;
Ton second fils n'est plus, je l'ai tué moi-même;
Mais à ton tour, Adam, frémis, écoute-moi?
Le Ciel m'envoie ici pour me venger de toi.
Caïn vient assouvir la rage qui le guide.

SETH.

Cruel! veux-tu plonger une main parricide
Dans ce sein douloureux?

CAÏN, *à Seth.*

Tais-toi, jeune mortel;
Tu n'étais pas encore, & j'étais criminel.
(*A Adam.*)
Je respecte tes jours.

ADAM.

Dieu seul en est le maître *.
Mais de quoi te venger?

CAÏN.

De m'avoir donné l'être.

ADAM.

Quoi! mon fils, un bienfait excite ton courroux!
Tu peux....

CAÏN, *l'interrompant.*

Je ne puis rien, maudit d'un Dieu jaloux;
Voilà de ton forfait l'exécrable influence:
Le sang d'Abel s'élève & demande vengeance.
De tes nombreux enfans, vois le plus malheureux,
Et de tous les mortels qui naîtront après eux.
Je viens pour me venger d'un pere qui m'opprime;
Accablé sous le poids & des maux & du crime,
Je cherche le repos qui fuit loin de mes yeux,
Et je n'ai pas l'espoir de le trouver aux Cieux.

ADAM.

Modere les transports de ton ame farouche.
Aux reproches sanglans que vomissait ta bouche,
Ton pere répondit, avant l'ordre porté
D'aller braver ailleurs l'Éternel irrité.
Mais en ce jour, le jour des vengeances suprêmes,
Mon cœur sent beaucoup plus l'horreur de tes blasphêmes.
Hélas! en vain je veux en arrêter le cours,
Te confondre....

CAÏN.

Qui? toi! répondre à mes discours!
Tu ne l'as jamais fait. Hâte-toi, je t'implore;
Ranime dans mon sein le feu qui le dévore.
Vengeance, fais tomber ton bras ensanglanté *
Sur l'éternel bourreau de sa postérité.
Que ma haîne à jamais sur lui se perpétue.

SETH.

Ingrat! si la fureur ne trouble point ta vue,
Par des siecles entiers vois ces cheveux blanchis.

CAÏN.

Eh ! que m'importe à moi, le premier de ses fils,
Mais de son crime affreux victime héréditaire ?
Qu'ils périssent mes jours noyés dans la misere ;
Ces jours qu'un Dieu tyran prolonge en sa fureur,
Et qui seront suivis d'une éternelle horreur.

ADAM, *à Seth.*

C'est son Juge, & le mien qui l'envoie & l'inspire!
(*A Caïn.*)
Mais comment te venger ?

CAÏN.

Caïn vient te maudire.

ADAM.

O mon fils, c'en est trop. Non : ne me maudis pas.
Ne maudis pas Adam ; je t'en conjure, hélas !
Au nom du Tout-puissant, dont la bonté propice
Désarme quelquefois le bras de sa justice.

CAÏN.

Non : tu seras maudit.

ADAM.

Eh bien ! approche-toi ?
La malédiction doit retomber sur moi.
Au bord de ce tombeau.... C'est celui de ton pere ;
Là, mon fils & la mort épuisant leur colere,
D'un crime renaissant vont venger l'Univers.
Je meurs, Caïn, je meurs : l'Ange, du haut des airs,
A prédit de ma mort les tourmens effroyables.
Viens enfoncer des traits qui sont inévitables.
O Caïn, mon cher fils !

CAÏN.

Et quel est cet autel ?

SETH.

Caïn le méconnait ! toi, l'assassin d'Abel !
(*Il découvre l'autel.*)
Regarde : c'est son sang.

CAÏN, *en fureur.*

C'eſt le ſang de mon frere!
Que vois-je? le courroux ſort du ſein de la terre.
L'autel, comme un rocher, m'écraſe de ſon poids.
(*A Adam.*)
Fléau du Genre Humain, tremble au ſon de ma voix.
Où ſuis-je? où fuit Adam? grand Dieu! prends ma défenſe.
(*A Adam.*)
Enfin, je te maudis.... Éternelle vengeance!
(*En montrant Adam.*)
Voilà le criminel, qu'à ſes derniers momens,
Sur ſon corps accablé pleuvent tous les tourmens.
De la corruption que l'effrayante image
Préſente à ſon eſprit.....

ADAM, *l'interrompant.*

Exécrable langage;
Eſt-ce toi que j'entends, le premier de mes fils?
J'éprouve tous les maux qui me furent prédits.
O ſentence de mort contre moi prononcée,
Ta chere obſcurité s'eſt, hélas! éclipſée.
Ceſſe, cruel enfant, d'irriter ma douleur.

CAÏN.

Barbare, qu'ai-je fait? Ah! j'en frémis d'horreur.
J'ai répandu le ſang de mon malheureux pere,
Que me découvre encor ce rayon de lumiere.
Arrachez-moi, mortels, à ce ſéjour ſanglant.
Ouvrez-vous ſous mes pieds, abîmes du néant:
Mais quel nouvel objet ſe préſente à ma vue;
Eſt-ce une ombre, un phantôme à mon ame éperdue?
C'eſt mon pere qui vient reprocher mes fureurs.
Allons ailleurs traîner mon crime & mes malheurs.

SCENE VI.

ADAM, SETH.

ADAM.

Ses cris ont pénétré jusqu'au fond de mon ame ;
Calmons de ses remords la dévorante flâme :
Seth, va le consoler.... Hélas ! il est mon fils ;
Il est ton frere aîné. Rappelle ses esprits ;
Dis-lui que la fureur qui dans son sang bouillonne,
N'a point porté de coups. Dis que je lui pardonne :
Mais, de peur d'exciter un désespoir nouveau,
Cache-lui de ma mort le dangereux tableau.

SCENE VII.

ADAM, *seul.*

Quelle nouvelle main soutient mon existence ?
Dans l'orage des maux le calme a pris naissance.
Enfin je sens la paix.... ineffables tourmens,
Pouvez-vous croître encor jusqu'aux derniers momens ?
Si mon Dieu le permet, embrasse les puissances
D'une ame qu'a broyé le fléau des souffrances,
Regne, calme mortel, enchaîne tous mes sens.
Verse quelques douceurs sur mes maux renaissans.
Conduit vers le tombeau par ta main consolante,
Comme on mene à l'autel la victime innocente,
J'irai, paré de fleurs, finir mes tristes jours.

Un ſilence profond t'environne toujours,
Froid ſépulchre où bien-tôt, fatigué du voyage,
Mon corps doit ſe couvrir d'un éternel ombrage.
Peut-être, en ce moment, l'ame du juſte Abel
Viſite avec effroi le tombeau paternel.
Ame de mon cher fils, ame céleſte & pure;
Si tu vis (pour venger les droits de la Nature,) *
L'Ange venir du Ciel m'annoncer le trépas,
Viens, vole dans mon ſein; repoſe entre mes bras.
Et dès que tu verras mes paupieres baiſſées,
Prends mon ame ſortant de mes levres glacées.
Tu dois la repoſer aux pieds de l'Éternel.
Triſte reſſouvenir! à ta mort, cher Abel,
Tu ne fus pas troublé d'une horrible agonie.
Submergé dans ton ſang, quand tu quittais la vie,
Tu ſemblais te jetter dans les bras du ſommeil
Qui devait te conduire au plus heureux réveil.

SCENE VIII.

ADAM, SETH.

SETH.

J'Ai rejoint ici près mon déplorable frere;
Son corps pâle & défait roulait dans la pouſſiere.
Il ſemblait expirer au milieu des horreurs.
D'une voix lamentable il m'a dit: je me meurs....
Va me puiſer de l'eau d'une de ces fontaines,
Pour étancher la ſoif qui brûle dans mes veines.
Des eaux que je puiſais il s'eſt déſaltéré.
Alors, pour m'acquitter de votre ordre ſacré,
J'ai porté de la paix les paroles touchantes:
Il a fixé ſur moi ſes prunelles errantes;

Et l'amour paternel eſt devenu vainqueur.
Les pleurs ſe refuſaient aux deſirs de ſon cœur.
C'eſt mon pere, a-t-il dit, je le vois, il pardonne;
Qu'il jouiſſe aujourd'hui de la paix qu'il me donne.
Daigne lui pardonner, l'Éternel qui m'entend.

ADAM.

C'en eſt aſſez, mon fils.

SETH.

Mon pere, à cet inſtant,
A mes yeux ſatisfaits vous paraiſſez paiſible.

ADAM.

Je le ſuis.

SETH.

Dans mon cœur une douceur ſenſible
Semble porter auſſi le germe de la paix:
Mais puis-je m'en flatter? Malheureux, je ne ſais
Si ce calme n'eſt pas une langueur mortelle,
Ou s'il eſt l'heureux fruit d'une force nouvelle.

ADAM.

Je le veux, mon cher fils, éprouvons notre état.
As-tu vu le Soleil?

SETH.

Il perdait ſon éclat
Dans un nuage obſcur.

ADAM, *à part.*

(*Haut.*) Il échappe à ſa vue.
Hélas! obſerve bien, diſſipe-t-il la nue?
A tes yeux moins troublés dévoile-t-il ſon cours?
Eve viendra bien-tôt m'offrir ſes vains ſecours;
Regarde.. la vois-tu?... poſition cruelle!
Malheureux, ſi je vois ma compagne fidelle;
Plus malheureux encor ne la voyant jamais.
Dois-je de ce ſéjour lui défendre l'accès?
L'appeller ou la fuir?

SETH.

Toujours d'épais nuages

Me cachent le Soleil. Dans ces tristes bocages
Mon œil la cherche en vain ; ma mere ne vient pas.

ADAM.

Pere, Époux malheureux, que puis-je faire, hélas!
O! toi, qui d'un seul mot a créé la lumiere*,
Et qui peux, d'un clin-d'œil, suspendre la carriere
De l'astre qui me luit pour la derniere fois;
Toi qui, pour annoncer tes éternelles loix,
Te sers des esprits purs que ta gloire environne,
J'adore le décret émané de ton trône:
O Seth! mon premier fils..... (Hélas! Abel n'est plus,
Et Caïn m'a maudit); pratique les vertus;
Tu dois à l'Éternel le respect & la crainte;
Regle toujours ton cœur sur sa volonté sainte;
Par le plus tendre amour reconnais ses bienfaits;
A nos vœux épurés il ne manqua jamais.
Lorsque le tems qui fuit; & qu'en vain je regrette,
De tes cheveux blanchis ombragera ta tête;
*Quand ses pesantes mains, en te courbant le corps,
Te montreront de près la région des morts;
Assise auprès de toi, ma famille nombreuse
Voudra lire en tes yeux l'histoire douloureuse
Du premier des mortels, du premier des pécheurs,
Vous avez, dira-t-on, reçu ses derniers pleurs.
Tracez-nous de sa mort une image sincere.
Tu répondras, mon fils: votre malheureux pere,
Du Dieu qui le frappait respectant le courroux,
Oubliait tous ses maux pour ne songer qu'à vous.
« LA MALÉDICTION CONTRE MOI FUT PORTÉE,
S'écriait-il; « HÉLAS! JE L'AVAIS MÉRITÉE:
» MAIS ELLE REJAILLIT SUR TANT D'OBJETS DIVERS.
» FAUT-IL QU'EN ME PERDANT JE PERDE L'UNIVERS!

» JE

» JE FUS FAIT IMMORTEL PAR L'ARBITRE SUPRÊME;
» JE VOULUS M'ÉLEVER AU-DESSUS DE DIEU MESME;
» MON FOL ORGUEIL, FLATTÉ D'UN CHIMÉRIQUE SORT,
» OSA DÉSOBÉIR ET ME DONNA LA MORT ».

La mort! vos cris affreux, montagnes désolées,
Font rugir les échos de ces tristes vallées,
Tandis qu'une muette & profonde douleur
Enchaîne à mes côtés la tristesse & l'horreur.
O spectacle effrayant! De sa fille expirée,
Le pere ensévelit la dépouille adorée;
La mere de son fils embrasse le cercueil:
Sur les pas chancelans de la Nature en deuil,
Des enfans éplorés viennent couvrir de terre
Les cadavres hideux de leur pere & leur mere.
Sur son sein palpitant, l'épouse attend les coups
Qui menacent les jours de son fidele époux.
O d'une tendre sœur inutiles allarmes!
Ton frere expire, hélas! arrosé de tes larmes:
Jeune Vierge, la mort brise ton nœud nouveau,
Et ton lit nuptial se change en un tombeau:
Et toi, douce amitié, que la vertu reclame,
La mort éteint aussi ton innocente flamme.

O vous tous, mes enfans, si jamais à vos yeux
J'offre de mon tombeau le spectacle odieux;
Ah! ne maudissez pas ma mémoire & ma cendre;
Honorez-les plutôt d'une piété tendre.
Vous héritez, hélas! de mon funeste sort,
Je le sais, mes enfans: « MAIS AU SEIN DE LA MORT
» LE TOUT-PUISSANT UN JOUR FERA GERMER LA VIE*(a).
» LA TESTE DU SERPENT.... *(b) LA TERRE RÉJOUIE
» VERRA SON RÉDEMPTEUR *(c), ET SON HUMANITÉ
» PARTICIPE A L'ÉCLAT DE LA DIVINITÉ *(d) ».

* (a) Isaïe. c. 45. v. 8. &c.
* (b) Genèse, 3. v. 15. &c.
*(c) Habac, 3. v. 18. &c.
*(d) 2. Petr. 1. v. 4. &c.

Si mon Dieu n'eût daigné m'annoncer ce myſtere,
Depuis longtems, mon fils, tu n'aurais plus de pere.
(*Adam s'aſſied ſur l'autel auprès de ſa foſſe, ſa tête ſe panche.*)

SETH, *regardant ſon pere.*

Il meurt !

ADAM.

Non, mon cher fils, c'eſt mon dernier ſommeil.
Laiſſe-moi m'y livrer.

SETH.

Peut-être à ſon réveil,
Dans les bras du repos ſa douleur tempérée...
C'eſt à moi de couvrir cette tête ſacrée.
(*(a) *Il couvre la tête de ſon pere, & il avance une natte au-devant de l'autel, pour dérober ſon pere aux yeux du ſpectateur; il revient ſur ſes pas.*)
O mon pere! qui, moi? j'irai, dans ma fureur,
Maudire un nom chéri que je porte en mon cœur!
Que plutôt!... Le Soleil va finir ſa carriere.
Pour ſurcroît de douleur, ma déplorable mere
Doit bien-tôt partager l'horreur de ce ſéjour.
Juſte Ciel! ſuſpendez ſon funeſte retour.
* Voilà le premier vœu formé pour ſon abſence.
De mes nouveaux malheurs l'inſtant fatal s'avance:
Allons y préparer mon eſprit abbattu.
Grand Dieu! viens ranimer ma force & ma vertu.

---

* [a] Je ne ſuppoſe pas ici, comme M. Klopſtok, que Seth apperçoit ſa mere, & j'ai l'attention de faire à Seth avancer une natte pour cacher Adam; l'entre-Acte en eſt plus marqué.

Fin du ſecond Acte.

ACTE TROISIEME.

SCENE PREMIERE.

EVE, SÉLIME, *toutes deux cherchant Adam.*

SÉLIME, *sans être vue d'Eve.*

CIEL! je la vois venir ma mere infortunée.
A ma vive douleur sans cesse abandonnée,
Pourrais-je me prêter à ses transports joyeux?
(*Elle se retire, & Eve approche du côté opposé.*)
Fuyons....

EVE.

Que ce désert répond mal à mes vœux!
Quoi! lorsque le plaisir me forme une couronne,
Tout le monde me fuit: ce silence m'étonne.
Adam.... Seth.... où sont-ils? Sélime, ô jour heureux!

SCENE II.

EVE, SETH.

SETH, *sans être apperçu de sa mere.*

CACHE-toi dans mon cœur, ô désespoir affreux !
Ne grave pas tes traits sur mon triste visage ;
Vous, Puissances du Ciel, donnez-moi le courage
De soutenir l'aspect de ma mere.

EVE.

Ah ! mon fils !
Partage mes transports dans ces momens chéris.
Des meres de nos jours vois la plus fortunée.
Rien ne peut égaler l'heureuse destinée
Dont le Ciel aujourd'hui.... Que fait mon cher époux ?

SETH.

Il repose.

EVE.

En quel lieu ? dans un moment si doux
Je cours le réveiller.

SETH.

Arrêtez, tendre mere.
A peine a-t-il fermé sa débile paupiere ;
Laissez-le savourer les douceurs du sommeil.

EVE.

Non : mon amour ne peut différer son réveil.
Je veux l'aller trouver.... ô joie inaltérable !

SETH, *en la retenant.*

L'excès de votre amour est sans doute louable,
Ma mere : mais Adam veut reposer en paix.
Je vous en prie encor. Au gré de ses souhaits,
Laissez-le reposer.

EVE.

Ce ſommeil peu durable
Eſt le prélude heureux d'un réveil agréable;
J'en ſuis ſûr. O Sunim, que j'avais tant pleuré!
Dans le fond d'un déſert il s'était égaré.
Hélas! ce cher enfant cherchait ſes autres freres.
Sans doute le Très-Haut, ſenſible à nos prieres,
Guidait ſes pas errans dans l'horreur de la nuit.
Dans la chaleur des jours ſa main nous l'a conduit,
En étendant ſur lui ſon aîle bienfaiſante.
Seth, ſi tu le voyais.... ſon ame impatiente
Deſirait de voler dans le ſein paternel,
Et raconter comment le bras de l'Éternel
Frayait devant ſes pas une route inconnue.
Tu le verras bien-tôt, ſa tendreſſe ingénue
Viendra couvrir ton front de baiſers innocents:
Il eſt accompagné de trois jeunes enfans,
Tendres fleurs qui ſeront l'ornement de leurs meres,
Et qu'Adam bénira de ſes mains ſalutaires.
Graces à l'immortel; la foule des plaiſirs
Avec rapidité prévient tous mes deſirs.
Sélime, Eve a paré ta couche nuptiale;
Eve t'y conduira, ma joie eſt ſans égale.
Je te donne un époux, je retrouve mon fils:
Pouviez-vous l'eſpérer, ô mes enfans chéris?
Vous le verrez ce fils, portant la torche ardente,
Éclairer des époux la marche triomphante.

SETH

O mere, à qui je dois, par un juſte retour,
L'hommage le plus pur de reſpect & d'amour!

EVE.

Quoi! tes ſombres regards reſpirent la triſteſſe;
Tu partageais jadis mes tranſports d'allégreſſe.

SETH.

Les ſentimens divers qui ſurchargent mon cœur,
Dans mes yeux étonnés ont gravé ma douleur.

EVE, *en cherchant Adam.*

O mon fils !... Mais je vois accourir dans la plaine
Les meres, & Sunim que le plaiſir amene.
(Tournant les yeux du côté où Adam repoſait ordinairement.)
Diſſipe du ſommeil les trompeuſes erreurs ;
Viens goûter, cher époux, les réelles douceurs
Que doit te préſenter, d'une main qui t'eſt chere,
Ce fils que l'Éternel.....

SETH, *à part, levant les yeux au Ciel,*

O malheureuſe mere !
(Haut.)
Ce n'eſt pas en ce lieu qu'il repoſe aujourd'hui.

EVE.

Où donc ? conduis mes pas ; où s'eſt-il endormi ?

SETH

Au pied de cet autel.

EVE.

Quoi ! ſi près de la pierre
Où je mêlais mes pleurs aux larmes de ton pere !.....
Auprès du juſte Abel !...

SETH.

Auprès de ſon cher fils ;
C'eſt-là que du ſommeil les doigts appeſantis
Doivent fermer ſes yeux.

SCENE III.

ADAM, EVE, SETH.

EVE, *levant la natte qui couvre le devant de l'autel.*

Cet objet lamentable
Peut rouvrir de ſon cœur la bleſſure incurable;
Cet autel teint du ſang que ſon fils a verſé.....
Mais pourquoi ſur ſon front ce voile eſt-il placé?
Quelles mains ont fouillé dans le ſein de la terre?
Ton pere y cherchait-il les membres de ton frere?
Veut-il hâter ſa mort par cet affreux tableau?
Tu ne me réponds rien.

SETH.

Vous voyez un tombeau.

EVE.

Cache ces oſſemens marqués au ſceau du crime
D'un frere encor ſouillé du ſang de ſa victime.

SETH.

Ils n'y ſont plus.

EVE.

Hélas! tous ces membres pourris,
Par les vers & le tems en pouſſiere réduits......
De ton pere, ô mon fils, le ſommeil eſt perfide;
Son ſein trop agité.... quelle couleur livide
Sur ſes mains! je ſuccombe à mon trouble ſecret,

SETH, *à part.*

Mais déjà le Soleil penche vers la forêt.
(*Haut.*)
O ma mere! à mon cœur vous ſerez toujours chere.
(*Il ſe couvre le viſage.*)
L'inſtant approche, hélas! je ne dois plus me taire;

Cette fosse qu'Adam creusa près de l'autel,
Est sa tombe.... Tantôt l'Ange envoyé du Ciel
A prononcé ces mots : « HOMME FORMÉ DE TERRE,
» AVANT QUE LE SOLEIL ACHEVANT SA CARRIERE,
» DE CES CÈDRES VOISINS AIT FRANCHI LA FOREST,
» TU MOURRAS DE LA MORT ». De ce fatal arrêt
L'Ange viendra fixer ce terme invariable.
L'Univers frémira sous son poids redoutable,
Et ce roc ébranlé tressaillira d'horreur.

(*Eve tombe évanouie de l'autre côté de l'autel.*)

ADAM, *se réveillant & se découvrant le visage.*

O mon fils ! quel sommeil de trouble & de terreur !
Le sommeil de la mort sans doute est plus tranquille.

(*Il apperçoit quelqu'un.*)

Imprudent, qu'as-tu fait ? Dans ce lugubre asyle
As-tu conduit ta sœur ? Sélime, écoute-moi :
Ta mere t'aime encor & respire pour toi ;
Épanche dans son sein ta douleur impuissante.

EVE.

Adam, si de ma voix plaintive & gémissante
Les lugubres accens te sont encor connus,
Daigne prêter l'oreille à mes discours confus.
Je suis.... Ah ! cher Adam, je ne suis pas Sélime.

ADAM.

De toutes les horreurs je vois s'ouvrir l'abîme.
O mort ! terrible mort !

SETH, *courant à Adam.*

Non : ne le frappe pas.
O mort ! ô ciel ! mon pere !.... il meurt entre mes bras !

ADAM.

Le roc a-t-il tremblé ?

SETH.

Pas encor.

EVE, *à Seth.*

De ta mere
Soutiens le faible corps ; conduis-moi vers ton pere.
Cher époux, de ma voix connais les ſons touchans,
Jadis chers à ton cœur.

ADAM.

Ils ont frappé mes ſens.
Eve, mes yeux couverts de nuages funebres
Cherchent en vain tes traits dans d'épaiſſes ténébres.

EVE.

Créée au même jour, Eve meurt avec toi.
Même chair, nous devons ſubir la même loi.
L'Ange l'a-t-il prédit ?

ADAM.

Épouſe trop aimée,
Du feu de la douleur mon ame conſumée
Renaît encor pour toi. Sans doute l'Immortel
Réunira nos cœurs au ſéjour éternel.
Mes yeux ne s'ouvrent plus que pour verſer des larmes.
Laiſſe-moi : tes diſcours, tes craintes, tes allarmes,
M'accablent beaucoup plus que les coups du trépas.

SETH, *à part.*

Les trois meres, ô Ciel ! portent ici leurs pas.

ADAM.

Qu'entends-je ? quelqu'un vient.

SETH.

Vos enfans & leurs meres
Viennent à vos genoux....

SCENE IV.

ADAM, EVE, SETH, LES TROIS MERES *avec leurs enfans*, SUNIM *d'un côté*, SÉLIME ET EMAN *de l'autre.*

SÉLIME.

A leurs larmes ameres
Sélime doit mêler le torrent de ses pleurs ;
Je puis entrer aussi.... j'accompagne mes sœurs.

ÉMAN.

Je te suivrai partout, ô ma chere Sélime !
L'espoir me fait douter du malheur qui t'opprime.

UNE MERE.

Viens, Sunim.

LA SECONDE MERE.

Qu'apperçois-je?

LA TROISIEME MERE.

Est-ce mon pere, hélas!

ADAM.

Va, Seth, cours, mon cher fils, au-devant de leurs pas.

SETH.

(*Il s'adresse aux trois Meres, dont l'une se couvre le visage, l'atre détourne ses regards, la troisieme se penche sur son jeune enfant.*)

Ne fixez pas les yeux sur ce front qu'environne
Un tourbillon de maux.... ma force m'abandonne;
Je ne puis vous parler; hélas! depuis longtems
J'avale le poison qui corrompt tous mes sens.
Ciel! qu'il en coûte au cœur d'un frere qui vous aime,
De vous porter le coup qui l'accable lui-même.

Adam meurt en ce jour ; l'Ange a porté l'arrêt.
« AVANT QUE LE SOLEIL AIT FRANCHI LA FOREST,
(Il montre celle des cèdres.)
» ADAM MEURT DE LA MORT ». L'Ange annoncera l'heure.
Ce rocher tremblera..... Sa derniere demeure,
(Il l'indique.)
Sa tombe.... la voilà : détournez-en les yeux.
(Il la montre.)
Ah ! mes sœurs, redoutez ce spectacle odieux.

ADAM.

Au milieu des sanglots dont mon ame est émue,
Cette voix qui s'éleve & qui m'est inconnue.
Quelle est-elle, mon fils ? Ces cris du sentiment
Ne partent pas du cœur de Sélime ou d'Éman ;
Je n'y reconnais pas les accens des trois meres.

SETH.

Le Ciel veut alléger le poids de vos miseres,
Mon pere : sa bonté, dans ces tristes instans,
Jette encore sur vous des regards bienfaisans.
Cette touchante voix qui réjouit votre ame,
C'est la voix d'un cher fils que son pere reclame ;
La voix du cher Sunim.

ADAM.

Sunim est dans ces lieux !
Mon fils à me tromper est-il ingénieux ?
Seth ne m'a point trompé dans le cours de ma vie.
Pour calmer les terreurs de ma longue agonie,
En veut-il imposer à mon crédule cœur ?
Ici bas, pour ton pere, il n'est plus de bonheur.

SETH.

Mon pere !

ADAM.

Quoi ! Sunim garderait le silence !
Qu'il parle ce cher fils, s'il est en ma présence.

SETH.

L'excès de sa douleur vient d'étouffer sa voix.

ADAM.

Approche, cher Sunim ; pour la derniere fois
Je veux toucher ton front de cette main tremblante.

SETH.

Le voilà.

ADAM, *à Sunim qui embrasse ses genoux.*

Cher Sunim, ta tendresse est pressante.
Grand Dieu ! tu me le rends, je retrouve mon fils !

SUNIM.

Je suis Sunim.

ADAM.

Sunim, cher enfant, obéis.
Laisse Adam, jette-toi dans le sein de ta mere.

EVE, *à Sunim.*

Mon fils, tu n'en as plus.... dans les bras de ton frere.

SETH, *à part.*

O sentence de mort ! irrévocable arrêt !
(*A Sunim qui se jette dans ses bras.*)
Laisse-moi me livrer à mon juste regret,
(*A Adam.*)
Cher Sunim. Ah ! bien-tôt ! trop déplorable pere....
Il faut vous l'annoncer, déjà de sa carriere
Le Soleil incliné doit terminer le cours ;
Vous touchez au couchant du dernier de vos jours.
A nos vœux réunis daignez être propice ;
Que, prêt à nous quitter, votre main nous bénisse.

ADAM.

Le Soleil, mon cher fils, penche vers la forêt ?
Viens donc, cruelle mort, lance ton dernier trait ;
Approche, je t'attends..... Moi, que je vous bénisse :
Juste Ciel ! que plutôt sur moi seul réjaillisse
La malédiction dont gémit l'Univers :
De mon propre péché vous portez tous les fers.
O mes enfans, que Dieu vous bénisse lui-même.

TOUS ENSEMBLE.

Nous vous en conjurons par l'arbître suprême;
Adam, béniſſez-nous.

ADAM.

J'en friſſonne d'effroi * (*a*).
La bénédiction n'approche plus de moi.
Je ne puis la donner. Accablante penſée!
Honteux reſſouvenir de ma gloire paſſée!
Hélas! mes chers enfans, quel contraſte cruel!
J'obéis à la mort, & j'étais immortel;
Je paſſais d'heureux jours au jardin des délices;
Tous mes jours ſont ici marqués par des ſupplices.
Mais où m'entraîne encor une inviſible main;
Le voile ténébreux ſe déchire ſoudain.
Quel théâtre d'horreurs! campagnes gémiſſantes,
Hélas! de ſang humain je vous vois rougiſſantes.
Je plonge, cher Abel, le poignard dans ton flanc:
Dirige ailleurs ton cours, vaſte ruiſſeau de ſang;
Cachez ſous vos débris, montagnes écroulées,
Les cadavres épars dans ces triſtes vallées;
Des crânes deſſéchés, des ſépulchres ouverts;
Des membres en lambeaux & rongés par les vers;
Éloignez-vous d'Adam, objets épouvantables.
Mes enfans, accourez; que vos mains charitables
M'arrachent pour toujours de ces champs odieux.

SETH.

Si ces tremblantes mains que je tends vers les Cieux,
Si mon cœur accablé d'une douleur pareille,
A la douleur....

---

* [*a*] J'ai ſupprimé quelques répétitions que M. l'Abbé Arnaud traduit ſcrupuleuſement.

ADAM, *l'interrompant.*

Quels ſons ont frappé mon oreille ?
Seth, je ne ſavais pas être ſi près de toi.
Le Ciel daignerait-il avoir pitié de moi ?
Quel calme ! ô mon cher fils !

SETH.

Éternelles Puiſſances !
Suſpendez, s'il ſe peut, le cours de ſes ſouffrances.
Il ſourit ! venez tous, accourez, Eve, Éman,
Et Sélime, & Sunim, ſaiſiſſons le moment :
Meres, approchez-vous ; c'eſt ſon dernier ſourire.
O mon pere ! écoutez l'amour qui nous inſpire :
Nous ſommes tous ici, béniſſez vos enfans.

ADAM.

Que mon cœur eſt touché de vos deſirs preſſans !
A vous bénir, mon fils, ma tendreſſe s'apprête.
(*Il met la main droite ſur la tête de Seth.*)
Viens, Seth, je veux poſer cette main ſur ta tête ;
(*Il met la main gauche ſur la tête d'Éman.*)
L'autre repoſera ſur la tête d'Éman ;
Rejoins ton cher époux, Sélime..... jeune enfant,
Sunim, va près de Seth.... inconſolables meres,
Répétez à vos fils mes paroles dernieres :
Qu'Eve, pour vous bénir, ſe réuniſſe à moi.

(*Ils ſe jettent tous à genoux.*)

EVE, *en ſe mettant à genoux la derniere.*

Souffre qu'à tes genoux je reçoive de toi
La bénédiction.

ADAM, *l'interrompant.*

Tendre épouſe que j'aime,
Et que de mon côté Dieu fit ſortir lui-même ;
Je commence par toi mes bénédictions :
C'eſt tout ce que je puis.... Mere des Nations,

Peu de tems après moi tu vins à la lumiere;
Peu de tems après moi, tu deviendras poussiere.
Voilà ma tombe.

EVE.

O Ciel! je dois à ta bonté
Ce consolant arrêt par Adam répété.
(Elle se leve & soutient Adam.)

ADAM.

*En vous, mes chers enfans, je bénis tous les hommes
Qui vivent, qui vivront sur le globe où nous sommes.
Que le Dieu qui pétrit l'argile de nos corps,
Et qui, pour ranimer leurs merveilleux ressorts,
De notre ame y souffla l'immortelle substance;
Que ce Dieu qui, voulant me mettre en sa présence,
Tempérait de son front l'éclat majestueux,
Et daignait me parler dans des tems plus heureux;
Que Dieu qui m'a béni, qui m'a jugé lui-même,
Dont j'adore en tremblant la volonté suprême
Que l'Être tout-puissant, immuable, éternel,
Vous étende sa main de son trône immortel;
Et qu'ouvrant ses trésors, sa tendresse infinie
Verse quelques douceurs sur les maux de la vie:
Que de la mort souvent le tableau médité
Rappelle à votre esprit votre immortalité.
Voyageurs ici bas, de la féconde terre,
Recevez, en passant, le tribut salutaire:
Le tems fuit sans retour. Écoute, homme pécheur:
Tu mangeras ton pain trempé dans la sueur.
Crains de l'oisiveté les douceurs mensongeres.
Aimez-vous, mes enfans, car vous êtes tous freres:
Goûtez le seul plaisir, digne de tous vos vœux,
Le plaisir délicat de faire des heureux.
De l'aimable vertu savourez l'allégresse,
Épurant vos desirs au feu de la sagesse.

Puisse toujours un Seth vous rappeller à Dieu!
Et quand le Rédempteur, pour visiter ce lieu,
Au tems prédestiné se frayant une route,
Descendra triomphant de la céleste voûte,
Mortels! levez les yeux, bénissez le Seigneur;
Que vos cœurs, réjouis de voir votre Sauveur,
Réverent la grandeur de ce profond mystere;
Mais n'oubliez jamais que vous êtes poussiere,
Et qu'il faut retourner en poussiere.

(On entend un bruit sourd.)

SETH, *en se levant tout effrayé.*

Écoutez.

Le rocher tremble, ô Ciel!

EVE.

Cher époux!

SETH.

Arrêtez.....

O mort!... Que veux-je, hélas! c'est le Ciel qui la guide.
Le bruit a redoublé..... la secousse rapide.....

ADAM.

Dieu! ne me livre pas à tes justes fureurs;
O mort! cruelle mort! je te sens.... je me meurs.

(Le rocher se brise.)

Fin du troisieme & dernier Acte.

Le Privilége & l'Enregistrement se trouvent au Nouveau Théâtre François.

www.ingramcontent.com/pod-product-compliance
Ingram Content Group UK Ltd.
Pitfield, Milton Keynes, MK11 3LW, UK
UKHW020424230726
13925UKWH00004B/1591

9 782014 085983